AF357357

Vente du Vendredi 6 Mai 1892

A DEUX HEURES

HOTEL DROUOT, SALLE N° 8

— ❦ —

TABLEAUX MODERNES

MEUBLES ET BRONZES

⸱⸱⸱

Exposition publique

Le Jeudi 5 Mai 1892, de 1 heure 1/2 à 5 heures 1/2

COMMISSAIRE-PRISEUR	EXPERT
Me PAUL CHEVALLIER	M. EUG. FÉRAL, peintre
Rue de la Grange-Batelière, 10	*Faubourg Montmartre, 54*

PARIS

IMPRIMERIE MAULDE ET RENOU

A. MAULDE & Cie

IMPRIMEURS DE LA COMPAGNIE DES COMMISSAIRES-PRISEURS

Rue de Rivoli, 144

CATALOGUE

DE

TABLEAUX MODERNES

PARMI LESQUELS DES ŒUVRES DE :

**Berchère, Bonvin, Cabat, Chaigneau, Corot
Courbet, Delacroix, Jacque
Jongkind, Lépine, Monet, Pelouse, Peraire, Ribot
Sisley, Veyrassat**

BRONZES DE BARBEDIENNE

MEUBLES

DONT LA VENTE AURA LIEU

HOTEL DROUOT — SALLE N° 8

Le Vendredi 6 Mai 1892

A DEUX HEURES

COMMISSAIRE-PRISEUR	EXPERT
Mᵉ Paul CHEVALLIER	M. Eug. FÉRAL, peintre
Rue de la Grange-Batelière, 10	*Faubourg Montmartre, 54*

CHEZ LESQUELS SE TROUVE LE PRÉSENT CATALOGUE

EXPOSITION PUBLIQUE

Le Jeudi 5 Mai 1892, de 1 heure 1/2 à 5 heures 1/2

PARIS

CONDITIONS DE LA VENTE

———

Elle sera faite expressément au comptant.

Les Acquéreurs paieront, en sus des adjudications, CINQ POUR CENT.

A MAULDE et Cie, imprimeurs de la Compagnie des Commissaires-Priseurs,
rue de Rivoli, 144.   700—23534

Désignation

—⁂—

TABLEAUX MODERNES

—

BERCHÈRE

1 — Caravane, à l'Entrée du Village d'Abou Hamet.

Signé et daté 71.

Bois : H. 0ᵐ 22 ; L. 0ᵐ 33.

BONVIN

2 — Cuisinière revenant du Marché.

Signé à droite.

Toile : H. 0ᵐ 25 ; L. 0ᵐ 19.

BOUDIN

3 — Village au bord d'une Rivière.

Signé à gauche.

Bois : H. 0^m20; L. 0^m38.

BRISSOT (F.)

4 — Moutons au repos, près d'une Haie.

Signé à gauche.

Bois : H. 0^m13; L. 0^m19.

BUSSON (Ch.)

5 — Bords de Rivière avec Canards et Ferme dans les Arbres.

Signé à droite.

Bois : H. 0^m36; L. 0^m45.

CABAT

6 — Une Rue de Village.

Signé à gauche.

Toile : H. 0^m34; L. 0^m26.

CHAIGNEAU (F.)

7 — Troupeau sous la garde d'un Berger.

Environs de Fontainebleau. Temps orageux.

Signé à gauche.

Bois : H. 0^m40; L. 0^m32.

CHAIGNEAU (F)

8 — Le Retour du Troupeau à la Ferme.

Signé à droite.

Bois : H. 0^m30 ; L. 0^m40.

COROT

— La Porte d'Arras.

Signé à gauche.

Toile : H. 0^m32 ; L. 0^m25.

COROT

10 — Ruines des environs de Rome.

Étude portant le cachet de la vente de Corot.

Toile : H. 0^m26 ; L. 0^m34.

COROT

11 — Allée ombreuse, dans le Parc de Saint-
Cloud.

Étude signée à droite.

Toile : H. 0^m25 ; L. 0^m30.

COURBET

12 — La Source du Lison.

Signé et daté 73.

Toile : H. 0^m32 ; L 0^m39.

DAMOYE

13 — Paysage Normand.

Signé et daté 81.

Toile : H. 0ᵐ32 ; L. 0ᵐ59.

DELACROIX (Eug.)

14 — Les Femmes du Harem.

Pastel signé.

H. 0ᵐ20 ; L. 0ᵐ26

GEGERFELT (W. de)

15 — Moulin à Vent au bord d'une Rivière, en Hollande.

Effet de soleil couchant.

Bois : H. 0ᵐ21 ; L. 0ᵐ36.

GUILLEMET

16 — La Plage de Quillebœuf (Normandie).

Signé à droite.

Toile : H. 0ᵐ53, L. 0ᵐ70.

HAMMAN Fils

17 — Vaches au repos.

Signé à gauche.

Toile : H. 0ᵐ32 ; L. 0ᵐ44.

JACQUE (Charles)

18 — Pâturages avec Moutons sous la garde
d'un Berger.

Signé à gauche.

Toile : H. 0m42; L. 0m68.

JACQUE (Ch.)

19 — Coq et Poules sur un Fumier.

Signé à gauche.

Bois : H. 0m13 ; L. 0m21.

JONGKIND

20 — La Meuse, près Dordrecht (Hollande).

Effet de clair de lune. Beau tableau de l'artiste.
Signé et daté 71.

Toile : H. 0m31; L. 0m44.

JONGKIND

21 — Le Canal Saint-Martin.

Vue prise près l'ancienne barrière de La Villette, route
de Flandre.
Effet de neige.
Signé et daté 1875.

Toile : H. 0m24 ; L. 0m32.

LANSYER

22 — Rivière de Morlaix (Finistère).

Signé et daté 75.

Toile : H. 0m26 ; L. 0m37.

LE BLANT

23 — La Carte de la Contrée.

Épisode des guerres de la Vendée.
Signé à droite.

Bois : H. 0^m27 ; L. 0^m36.

LEBOURG (A.)

24 — Le Pollet, à Dieppe.

Signé à droite.

Toile : H. 0^m37 ; L. 0^m60.

LEBOURG (A.)

25 — Une Rue de Bercy.

Toile : H. 0^m35 ; L. 0^m64.

LÉPINE

26 — La Seine, près du Pont de Bercy.

Signé à droite.

Toile : H. 0^m37 ; L. 0^m60.

LÉPINE

27 — La Seine, aux environs de Bercy.

Effet de soleil couchant.
Signé à gauche.

Toile : H. 0^m27 ; L. 0^m52.

MONET (Claude)

28 — Cour de Ferme.

Signé à droite.

Toile : H. 0^m.54 ; L. 0^m 80

PÉCRUS

29 — Le Départ pour le Bal.

Bois : H. 0^{m}40 ; L. 0^{m}29.

PELOUSE

30 — Ferme en Normandie.

Signé à droite.

Toile : H. 0^{m}31 ; L. 0^{m}52.

PERAIRE (Paul)

31 — La Vue du plateau d'Avron, prise de Nogent-sur-Marne.

Signé et daté 78.

Toile : H. 0^{m}50 ; L. 0^{m}90.

PERAIRE (P.)

32 — Les Bords de la Seine, à Andrésy.

Signé à droite.

Toile : H. 0^{m}30 ; L. 0^{m}60.

PERAIRE (P.)

33 — Chalet au bord d'une Rivière.

Bois : H. 0m32 ; L. 0m23.

PROTAIS (P. ALEX.)

34 — Le Soldat blessé.

Signé à droite.

Bois : H. 0m22 ; L. 0m30.

RIBOT

35 — Les Cuisiniers.

Ils sont assis autour d'un billot fumant et buvant.
Signé à gauche.

Toile : H. 0m37 ; L. 0m44.

RICHET (LÉON)

36 — Sentier près de Barbizon.

Soleil couchant.
Signé à gauche.

Toile : H. 0m39 ; L. 0m48.

ROQUEPLAN (C.)

37 — Dans le Jardin.

Signé à gauche.

Toile : H. 0m39 ; L. 0m31.

ROUSSEAU (Ph.)

38 — La Basse-Cour.

Signé à gauche.

Toile : H. 0^m 64 ; L. 0^m 53

SAINTIN

39 — Les Bords de la Seine, au Pecq.

Signé à droite et daté 84.

Bois : H. 0^m 15 ; L. 0^m 22

SÉGÉ (A.)

40 — Le Médecin de Campagne.

Effet de ciel nuageux.
Signé à droite.

Toile : H. 0^m 20 ; L. 0^m 29.

SÉGÉ (A.)

41 — Cours d'Eau dans les Rochers.

Montagnes d'Auvergne.
Signé à droite.

Bois : H. 0^m 20 ; L. 0^m 30.

SISLEY

42 — Chaumière dans un Paysage.

Effet de printemps.
Signé à droite.

Toile : H. 0^m 37 ; L. 0^m 54.

STEVENS (Alfred)

43 — Jeune Femme en robe bleue.

Signé du monogramme et daté 1870.

Carton : H. 0^{m}20 ; L. 0^{m}15.

TOULMOUCHE

44 — La Visite de Condoléance.

Signé et daté 1868.

Toile : H. 0^{m}43 ; L. 0^{m}33.

VEYRASSAT

45 — Roulier rentrant au logis.

Effet de soleil couchant.
Signé à droite.

Bois : H. 0^{m}25 ; L. 0^{m}33

VUILLEFROY

46 — Le Marché de Poissy.

Esquisse signée à droite.

Bois : H. 0^{m}08 ; L. 0^{m}25.

YON (Édmond)

47 — Les Bords de l'Oise.

Signé à droite.

Toile : H. 0^{m}22 ; L. 0^{m}34.

MEUBLES ET BRONZES

—

BRONZES DE BARBEDIENNE

43 — La Vénus de Milo.

49 — Mignon.

De Eug. AIZELIN.

5o — Flore.

De CHAPU.

Avec son socle en marbre.

51 — La Charité.

De DUBOIS.

52 — Cléopâtre.

Avec son socle en marbre.

BRONZES DORÉS

53 — Cartel, du Temps de Louis XVI, en bronze doré, de *Martin*, à Paris.

54 — Pendule en bronze doré, style Empire, avec sujet : Mère et Enfants.

55 — Lustre en bronze doré, style Louis XVI.

MEUBLES

56 — Console, style Louis XVI, en bois sculpté et doré, à dessus de marbre.

57 — Table, style Louis XVI, garnie de bronzes dorés, à dessus de marbre.

58 — Vitrine, même style.

59 — Meuble, style Louis XVI, garni de bronzes ciselés et dorés, avec panneau vernis Martin.

60 — Table à jeu, style Louis XVI.

61 — Jardinière, même style.

62 — Deux Canapés, deux Fauteuils, deux
Tabourets et quatre Chaises en bois doré
et recouverts en soie brochée.

9 782329 406800